Alfons Schweiggert – Franz Eder
Ein Münchner in der Hölle

*Für Helga herzlichst
[signature]
München, 28.11.98*

Ein Münchner in der Hölle

Eine Geschichte von
Alfons Schweiggert

mit Bildern von
Franz Eder

1998
Buchendorfer Verlag

Zeichnungen und Gestaltung
Franz Eder

© Buchendorfer Verlag, München 1998
Alle Rechte vorbehalten

Satz und Reproduktion: Satzpunkt Ewert, Kulmbach
Druck und Bindung: Huber, Dießen
Printed in Germany

ISBN 3-927984-83-3

Das ist er gewesen ...

... ein Münchner in der Hölle, Schorsch Rackl, und das ist er noch heute.

Eine Zeitlang weilte er nicht mehr unter uns – Gott hatte ihn selig! Pardon! Der Teufel machte es ihm nicht allzu schwer! – Aber jetzt ist er wieder unter uns. In diesem Buch feiert er seine heitere Auferstehung, auch wenn ihm dabei alles andere als heiter zumute ist. Ganz im Gegensatz zu seinem Partner im Himmel ist Schorsch Rackl in die entgegengesetzte Richtung gefahren. Seine neue Umgebung hielt jedoch nicht weniger Überraschungen für ihn bereit, als der Himmel seinem Leidensgefährten Alois Hingerl.

Ganz gleich, wo ein Münchner hinkommt, nach Berlin oder nach Hongkong, ob in den Himmel oder in die Hölle, überall gelingt es ihm – ohne bösen Willen natürlich und immer nur ganz zufällig – schnellstens anzuecken. Der einzige Grund dafür ist: Ein Münchner fühlt sich nur in München wohl, selbst wenn er auch dort nicht seinen Grant verleugnen kann, da ihm die Stadt fortwährend Gelegenheit bietet, einen solchen zu entwickeln. Aber München hält den Münchner aus – was bleibt der Stadt denn schon anderes übrig? – Himmel und Hölle tun das nicht.

Gehören zum Himmel Nostalgie, Idylle, märchenhafte Heiterkeit, so passen zur Hölle seit jeher der Fluch der Technik, schauerliche Zukunftsvisionen und bissige Satire, und die trifft Schorsch Rackl in seinem neuen Domizil reichlich. Das beeindruckt ihn aber nicht, es verwundert ihn höchstens und reizt seinen Widerspruchsgeist, ist er sich doch der Steigerung bewußt: Himmel, Hölle, München. Sogar für das Böse ist jeder Münchner eine Herausforderung, dem es letztlich aber immer unterliegt.

Ist »Ein Münchner im Himmel«, ein abgründiges Buch, so ist »Ein Münchner in der Hölle«, ein himmlisches Buch. »Ein Münchner in München« aber ist unbeschreiblich. Deshalb hat auch noch keiner ein Buch darüber geschrieben.

Behauptet jemand, es gäbe ein solches, so kennt er allenfalls einen mißlungenen Versuch.

Ein Münchner weiß nie so genau, warum er irgendwohin kommt, nach Frankfurt, nach Hamburg, in den Himmel oder in die Hölle. Er ist plötzlich da und wenn er dort ist, weiß er nur genau, wo er herkommt: aus München. Und dort will er auch wieder hin. Denn nur München ist für ihn die Welt, ist für ihn Himmel und Hölle in einem, fokusiert in einer Maß Starkbier. Wo sie ihm vorgesetzt wird, ist augenblicklich München.

Der Münchner läßt sich nicht regieren, nicht vom Himmel aus, nicht von der Hölle aus und schon gleich gar nicht von Politikern auf Erden. Ihnen bringt er allenfalls göttliche Ratschläge oder teuflische Eingebungen, aber auch nur, wenn ihm als Lohn eine Maß und noch eine Maß winkt, über die er dann die Weitergabe der ihm anvertrauten Botschaften vergißt.

Wenn sich zwei Münchner begegnen, haben sie sich nichts zu sagen nach dem Motto: »I sag nix, des werd ma doch noch sagn derfa.« Warum sollen sie dann mit Himmlischen oder Höllischen viel reden wollen?

Ist der Himmel die Ordnung und die Hölle das Chaos, so ist München so etwas wie ein geordnetes Chaos oder eine chaotische Ordnung. Deshalb kann sich ein Münchner weder im Himmel noch in der Hölle wohlfühlen, sondern nur in München, wo er augenblicklich ein geordnetes Chaos verbreitet.

Die meisten Menschen wollen deshalb keinen Münchner in ihrem Lebensraum haben. Befällt sie Sehnsucht nach geordnetem Chaos, fahren sie nach München, nicht zur Erholung also, sondern um ordentlichen Streß zu erleben.

Wer in München nicht gestreßt ist, hat Berliner, Hamburger, Japaner um sich, aber keinen Münchner. In der Tat wird es immer schwieriger, in München gestreßt zu sein, besonders während der Urlaubszeit. Dieses Gefühl erlebt man allenfalls noch im Himmel oder in der Hölle, vorausgesetzt, es halten sich dort gerade Münchner auf, was aber meist nicht der Fall ist, da sich diese der himmlischen Ordnung und dem höllischen Chaos schnellsten entziehen und nach München zu entkommen suchen, wie Schorsch Rackl.

»Ein Münchner in der Hölle« ist ein ernstes Buch. Wer darüber schmunzelt ist Nichtmünchner. Wem das Lachen beim Schmunzeln vergeht, reift vielleicht irgendwann einmal zum Münchner, auch wenn er keiner ist.

Und jetz pack mas!

Schorsch Rackl, Trambahnführer der Linie 19, lag wie so oft, erschöpft von einem Besuch im Münchner Hofbräuhaus, schwer wie Blei in seinem Bett, wo ihn die Riesenschweinshaxe und die fünf Maß Bier, die er noch spät abends seinem Knödelfriedhof einverleibt hatte, in Gestalt von kleinen mit Zinkengabeln bewehrten Teufelchen derart pisackten, daß er ...

... frühmorgens von seinem Rasselwecker unsanft in die Vertikale gerissen wurde und sich derart zerschlagen fühlte, daß er nicht wußte, wie er seinen Trambahnerpflichten einigermaßen veranwortungsvoll nachkommen sollte. Als es während der Zeitungslektüre seinen Kaffee nicht mehr in der Tasse hielt und ihm zu allem Überdruß auf dem Weg zur Arbeit auch noch eine schwarze Katze den Weg versperrte, ...

... knurrte Schorsch Rackl unwirsch: »Zefix, der Tag fangt scho wieder guat o!« Mit der ihm eigentümlichen leicht verhaltenen Freundlichkeit lenkte er dennoch seine Straßenbahn aus dem Depot ins Verkehrsgewühl der Stadt. Unvermittelt sah er vor sich auf den Gleisen eine Radlerin stehen und mußte scharf bremsen.

»Ja, kannst du denn net runter geh', du ausrangierte Hofbräuhaus-Baroness!« schnauzte er das lebende Hindernis erbost an.

»I scho«, grinste die Getadelte unverschämt,...

… aber du net.« Und sie rührte sich nicht vom Fleck.

Da wälzte sich Schorsch Rackl, ohne auf seinen augenblicklich hochschnellenden Blutdruck zu achten, aus dem Führerstand seines Triebwagens, um dem Großstadtmonster vor ihm auf den Gleisen zu zeigen, wo der Bartl seinen Most holt und wo sich der Trampelpfad für übergewichtige Biker befände.

Doch seine unmißverständlich vorgetragene Botschaft: »Jetz aber runter, du vollgfressner Trampe!« quittierte die bayerische Sumo-Ringerin nur mit einem kampfbereiten, boshaften Gelächter, so daß Schorsch Rackls Kreislauf augenblicklich in Schreckstarre verfiel und der so Gedemütigte spürte, wie sich die Krallenhand des Schicksals nach ihm ausstreckte.

Es gelang dem pensionsreifen Trambahner nicht mehr, seinen Kreislauf dazu zu motivieren, seine Aktivität wieder aufzunehmen. Schorsch Rackl wurde un-bypässlich, sein Herzschrittmacher detonierte und seine Pumpe stand augenblicklich still.

Sofort entwich die magere Seele an ungewöhnlicher Stelle und Schorsch Rackl schied aus dem Leben.

Der Gullideckel hob sich und ein etwas eigenartig aussehender städtischer Kanalarbeiter nahm sich ohne Umstände seines vollschlanken Astralleibes an.

Im nächsten Augenblick entglitt ihm aber die leicht übergewichtige Last absichtlich und Schorsch verlor rasend schnell an Höhe. Er jettete im Sturzflug vorbei am Fegefeuer, vorbei an der Vorhölle, bis er schließlich in die Hölle abschmierte.

Düstere Ahnungen begannen unheilvoll in ihm emporzuwolken, hatte er doch bereits im Religionsunterricht der ersten Volksschulklasse von den unschönen Siedeaktivitäten der Hellangels [sprich Helläinschls] gehört.

Durch die Kochkünste seiner Großmutter selig war er darüber hinaus bestens mit den sensiblen Vorbereitungsprozeduren für deftige Schmorbraten vertraut, weshalb er schließlich umso erleichterter aufschnaufte, als er sich unversehens …

... im Büro des Sparifankals wiederfand. Der verkündete ihm, ohne von seinem PC aufzublicken, daß er ab sofort unter dem Namen »Teufel Schorsch« gespeichert sei.

Anschließend druckte er ihm die »Neueste Höllische Hausordnung« aus dem Internet in die Hände und eröffnete dem Neuzugang das hier übliche Tagesprogramm.

»…von morgens 6 Uhr bis mittags 13 Uhr: Disco-Musik; von mittags 13 Uhr bis 18 Uhr: Volkstümliche Hitparade …« »Ha???«, raunzte Teufel Schorsch.

Da wiederholte der Sparifankal: »... von morgens 6 Uhr bis mittags 13 Uhr: Disco-Musik; von mittags 13 Uhr bis 18 Uhr: Volkstümliche Hitparade ...« Schorsch fühlte, wie sein Resthirn bedrohlich zu schrumpfen begann.

»… und abends gehts dann in die Zellulitis-Bar zum Lifting-Cocktail und zum Exstasy-Dancing der grauen Panther.«

Teufel Schorsch verschlug es die Sprache »Ja, da vareck!« grunzte er, »da vergeht dir ja 's Luadern von ganz alloa! ... Und wann gibts na überhaupts a Brotzeit, ... was zum Essn, ha?«

»Nur einmal wöchentlich, wahlweise Weißwurstcreme auf Knäckebrot und dazu eine Tasse Eurobier oder aber einen Big-Wopper mit Rindfleisch aus England und AKW-Kühlwasser.«

»Waaaaaahnsinn«, stieß Schorsch hervor und anschließend gleich auf. Er packte den Sparifankal bei den Hörnern: »Und i hab immer gmoant, da heruntn geht was her!« schnauzte er ihm zwischen die Augenbrauen. »Da derf ma fressn, saufn und luadan, wia ma wui. Da hab i mi aber sauber brennt, moan i!«

»Brennt ist gut«, gackerte der eine Höllenbraten und schon wurde Schorsch von vier tennisschlägergroßen Pratzen in den Microwellenherd gestopft, wo sofort eine Hitzewelle über ihn schwappte und ihn unter sich begrub.

»Hirnochsen, dappige!« jaulte Schorsch auf. »Seids denn es ganz narrisch, es Rotzleffin! In dera Microwelle habts ihr mi ja in zwoa Minutn windelweich kocht!«

Doch vorerst sollte nur Schorschens cholerisches Temperament etwas gedämpft werden, weshalb die Microwelle ganz mickrig temperiert wurde. Dennoch fing der Delinquent an, heftigst zu halluzinieren.

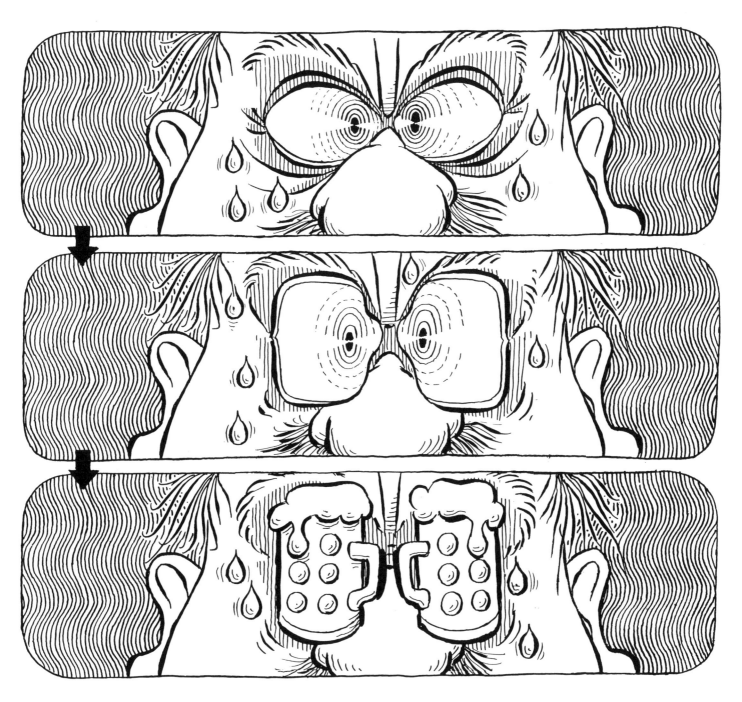

Die Augäpfel begannen, sich dramatisch zu verändern, quollen aus ihren Höhlen, verformten sich aber glücklicherweise zu Objekten, die es Schorsch Rackl ermöglichten, die ihm zugemutete Tortur wenigstens einigermaßen unbeschadet zu überstehen.

Als er halbgar aus dem Herd rollte, haute es ihm den Dampf aus allen Poren und er hechelte wie ein zahnloser Jagdhund vor einem fleischlosen Knochen, Marke Eisenbeton.

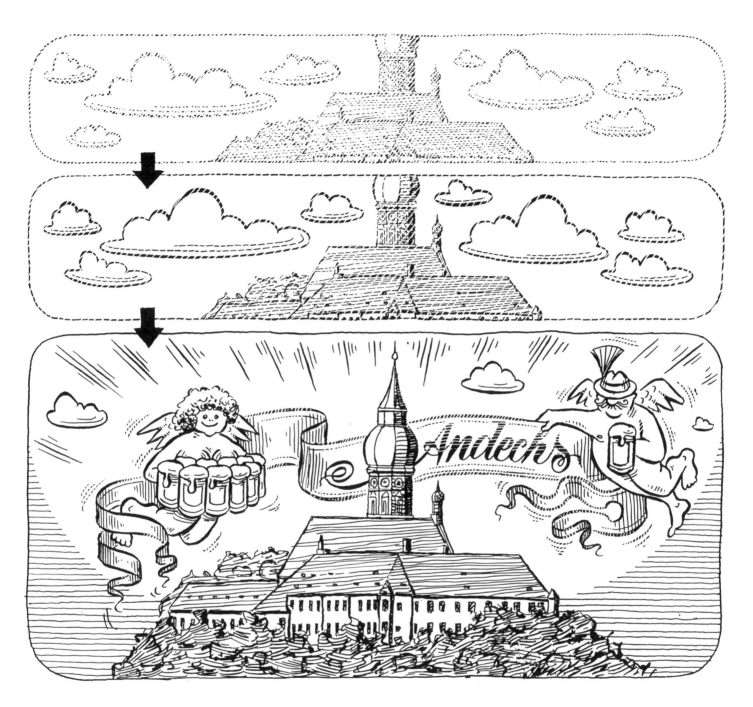

Wenige Schritte von ihm entfernt tauchte da plötzlich eine Fatamorgana auf, die nach Verflüchtigung der nebulösen Schleier den Blick auf den Heiligen Berg freigab und in Schorsch Rackl, wie in einem jeden Bayern, neue Lebenskraft keimen ließ.

Ausgetrocknet wie eine Dörrpflaume, die unter einen Laster gekommen war, japste er seinen Peinigern in die Visage: »Jetz kriag i aber an Klosterbock vom Faß oder an Heilig-Geist-Korn. Fahrt's was zum Saufa her, in Gotts Nama, sonst geht mei Arsch auf Grundeis!«

Als die beiden Teufel die Worte »Kloster«, »Heilig Geist« und »Gotts« hörten, wurden sie von üblen Krampfanfällen durchgeschüttelt, so, als hätten sie sich eben versehentlich auf einer Starkstromleitung zum Picknick niedergelassen. Nur das schlimme Wörtchen »Arsch« gab ihnen wenigstens noch einigermaßen seelischen Halt.

Teufel Schorsch mißdeutete die exstatischen Zuckungen und nur um so erboster schnauzte er die beiden an: »Ihr Hirschen, ihr zwoaendigen, na bringts ma hoit koan Bock! A Gastfreundschaft is des da heruntn, daß am Teifi graust. ... Gschwerl – lausigs!!!«

Er keifte so laut, daß es sogar dem Bosss, der gerade über die mögliche Zusage eines Milliardenkredits an einen ihm eng befreundeten Höllenfürsten meditierte, einen derben Stich ins Trommelfell gab.

»Hallo, Luzi, Kruzitürkn«, telekommunizierte er gereizt mit seiner wonderbra-gestylten Sekretärin, »was für ein komischer Heiliger krakeelt denn da herunten so fromm herum?«

»Ich schau glei nach, Chef, gell«, flötete das höllisch schöne Luder in ihr Minihändi.

Sie stöckelte nach draußen, wo Schorsch gerade seine Augen himmelwärts verdrehte: »Jeds Jahr mach ich a Wallfahrt nach Altötting, z'Fuaß«, gelobte er feierlich, »wenn i jetz a Bier kriag, Amen!« »Der Chef läßt bitten«, säuselte ihm Luzi mit einladender Geste in sein Flehen hinein. »Da gangs nei.«

Vor der Machtzentrale knurrte Zerberus, der Höllenhund. »Zerbi, kusch, tu schön brav sei, gell«, zischte die Schreibtisch-Lolita der Bestie zu, die sofort ihre Fangzähne einfuhr.

Und dann stand Schorsch vor dem Bosss. »Ich hätts mir ja glei denken können«, ächzte der, »wieder mal so ein Münchner.«

Schorschens Augäpfel traten ins Freie. »Jessas, Maria und Josef«, gurgelte es aus ihm heraus, »was macha denn S i e da herunt?«

»Gell, da schaust«, zahnte der Bosss. »Merk dir oans, wo i bin is obn, und wenn i untn bin, is untn oben, verstehst.«

»Außerdem hat mich«, polterte er, »die linke Bagage doch schon zu meinen Lebzeiten zum Oberteufel abg'stempelt. Doch seit ich da bin, wolln alle Großkopferten zu mir runter, denn wo i bin, is immer da Teifi los!« Schorsch Rackl küßte dem Bosss ergeben die Hand.

»Mittlerweile«, fuhr der so Geehrte fort, »san die besten Amigos in meinem Lager und jeder woaß, was er an mir hat. Meinem Vorgänger, an Crazy Luggi (sprich: kreisi Luggi) beispielsmassig, hab ich die Planung meiner hiesigen Kanzleifestung zuagschanzt. Er hat die Sache neoklassizistisch gelöst.

Und mein alter Spezi *Richard* wird es nie *wagnern*, mich zu enttäuschen, weil er weiß, daß i eahm sonst nimmer lohengrün bin. Er spielt mir sogar an bayerischen Defiliermarsch auf, wenn ich das anordne, und des passiert fast jeden Tag.

Natürlich lassn mich auch meine ehemaligen Feinderl nicht im Stich. Da *Willy* ist nach wie vor politisch schwer aktiv und *brandt*eilig hinter allem her, was in einem Rock steckt. Aber d'Luzi hat nix dagegn, des tuat da Figur guat, moants.

Und der *Herbert*, o mei, *wehn er* sich bei mir blickn läßt, verziagts eahm immer noch sein Rüassl nach links unten, daß eahm an Peifndampf aus seiner Dreckschleuder raushaut. Und des alles bloß wegn seim Genossen Honny, …

… D..D..eR bei seine rotn Brüder verschissen hat, weil er sich von uns Wessis sei Mauer hat stehln lassn.

Die Edlzwicker Marx und Lenin wolln ihm dafür nämlich seinen Ossi abzwicka. I hab nix dagegn, weil die Sozis kann man nia gnua stutzn.«

Entsetzt von dem Saustall und den rauhen Sitten torkelte Schorsch in den Kanzleihof, in dem *Konrad* Drakul*adenauer* umherflatterte, aber vergeblich nach Opfern Ausschau hielt, weil diese längst von irdischen Blutsaugern ganz un ver*blüm*t völlig ausge*waige*lt worden waren, bevor man sie nach hier unten in die Freiheit entließ.

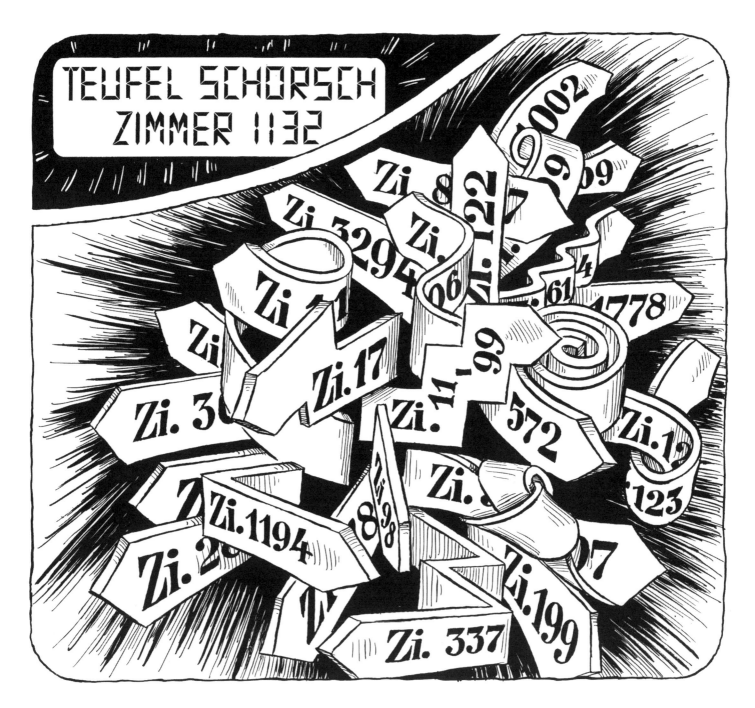

Da wurde Schorsch durch ein blinkendes Display über dem Tor abgelenkt, das ihn stumm aufforderte, sich unverzüglich zu Zimmer 1132 zu begeben. Infolge der vorbildlichen Beschilderung bereitete ihm dies keine nennenswerten Probleme, war er doch ähnliches vom bürgernahen Umgang mit irdischen Behörden längst gewohnt.

In der Amtsstube eröffnete ihm Sekretär Ludwig, der lustlos an einem Beitrag für den Miesbacher Anzeiger herumbosselte: »Schorsch Rackl, grad is mir eine dienstliche Anweisung auf mein Schreibtisch g'flattert, daß Du sofort nach München in d'Regierung nauf derfa muaßt, um da a bißl rumzum*stoiber*n. Da Münchner im Himmi hat nämlich kläglich versagt und is im Hofbräuhaus versumpft.«

Schorsch fiel ein riesiger Stein vom Herzen. »Au-au-ausgezeichnet«, stieß er tief getroffen, aber glücklich hervor. »Mü-ü-ü-nchen, ich komme!«

Und schon quietschte ihm die U 13 vor die Zehen, die ihn direkt vor der Bayerischen Regierung in München absetzen sollte. Kaum war Schorsch ins Wageninnere gehechtet, schnalzten mit dem Ruf: »Zruckbleim!« hinter ihm die Türen ins Schloß, so wie er es von der Münchner U-Bahn her gewohnt war.

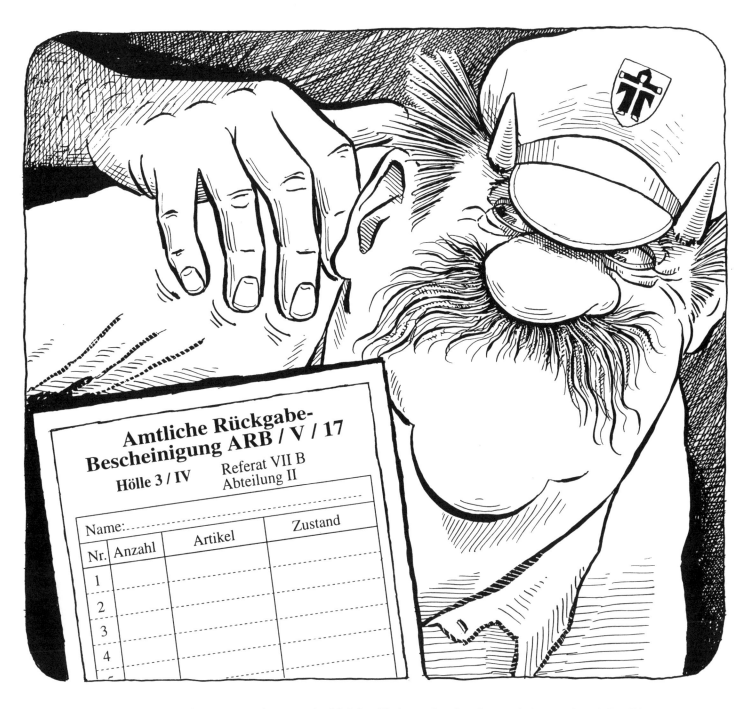

Von einem Kontrolleur wurde er scheißfeindlich aufgefordert, sich »a bissal Dalli, wenns gang« seiner höllischen Accessoires zu entledigen, um oberirdisch kein unterirdisches Aufsehen zu erregen. Schorsch folgte der Anweisung, was ihm anstandslos quittiert wurde.

Bereits Sekunden später atmete er wieder die ihm so sehr vertraute Luft der bayerischen Landeshauptstadt. Sein Fettherz begann freudig zu pochen und sein noch nicht diagnostiziertes Lungenkarzinom erwachte zu neuem Leben. Plötzlich riß es ihm fast seinen Hendlfriedhof aus der Verankerung, …

… als ihn eine dicht an ihm vorbeiwetzende Walküre von der Qualität der ihre Fettpolster einschnürenden Stretchhose überzeugen wollte. »Du verreckte Matz,«, gurgelte ihr Schorsch ins Kreuz, »di kenn i doch, du gwamperte Rennsau!« Diesen Zuruf quittierte die so Angesprochene geschmeichelt mit rückwärtsgewandter Grinsbacke.

Wie bei jedem Bayern, der einmal durch die Hölle gegangen ist, ließ sich auch bei Georg Rackl eine politische Karriere nicht mehr verhindern. Wie vor ihm schon viele andere politische Mandatsträger wurde auch er, ohne nur den geringsten Nachweis einer Qualifikation erbringen zu müssen, überraschend rasch Stadtrat, kurz darauf zweiter Bürgermeister, …

… und mit zunehmender Würde- und Bartlosigkeit ergatterte er Knall auf Fall die Stellung des Oberbürgermeisters, worauf er schließlich, bis zur Unkenntlichkeit entstellt, das Amt des stellvertretenden Ministerpräsidenten bekleidete und mit seiner stets sonnigen Ausstrahlung die Bürger des Freistaates zu irritieren verstand.

Dies bescherte ihm unerwartet reichsten Ordenssegen, angefangen vom Bundesverdienstkreuz über die selten vergebene »Verkehrsberuhigungsmedaille« bis hin zu den heiß begehrten Orden der Faschingsgesellschaften von Giesing bis zum Hasenbergl. Georg Rackl trug alle diese Ehrungen und Kreuze mit Fassung, auch wenn er unter dieser drückenden Last seines Amtes fast zusammenzubrechen drohte.

In der Folge vermehrte sich beängstigend schnell die Zahl der Amigos, die den Wehrlosen nicht nur auf weltumrundende Traumschiffreisen entführten, sondern ihn auch diskret auf günstig zu erstehende Immobilien hinwiesen, die ihm auf Wunsch weit unter Preis überlassen wurden, weshalb Georg Rackl gerne bereit war, diesen neuen Spezis einige harmlose Gefälligkeiten zu erweisen.

Dies ging solange gut, bis eine abscheuliche Pressekampagne gegen ihn gestartet wurde, wobei man ihn »Trittbrett-Rackl« titulierte, ein hinterfotziger Spitzname, mit dem hämisch sowohl auf seine ehemalige Tätigkeit als Trambahner hingewiesen wurde wie auch auf die Tatsache, daß er in seiner derzeitigen politischen Funktion gerne überall aufsprang und kostenlos mitfuhr.

Es verwundert daher nicht, daß die Parteispitze ihm vertraulich nahelegte, sich doch diskret aus seinem Amt zurückzuziehen. Mit fotogener Leidensmiene folgte Georg Rackl dieser Anregung und zog sich nach einer erschütternd echt wirkenden Abschiedsansprache in den finanziell mehr als lückenlos abgesicherten Ruhestand zurück, …

... den er als echter Münchner vor allem im Hofbräuhaus zuzubringen gedachte. Auf dem Weg dorthin kam ihm in den Sinn, daß Bayern im Grunde von einer *alkoholfreien Gaststätte* regiert wurde, war doch fast täglich von *Spezi-Wirtschaft* die Rede. Bei diesem Gedanken wurde er von einem todernsten Lachen durchgeschüttelt.

Im Hofbräuhaus hockte sich Schorsch Rackl zu einem Mann, der vor sich hin bierdimpfelte und nach der Bedienung »Zenziabier!« rief. Als sie an den Tisch heranwalzte, hätte ihr Anblick Schorsch um ein Haar einen neuen Herzkasperl beschert, erkannte er in dem Weib doch jene ausgschamte Radlerin aus seiner Vorhöllenzeit. Da hinter seinem Rücken noch andere dubiose Gestalten die Köpfe zusammensteckten, sprang er auf und suchte das Weite, das er augenblicklich auch fand.

Nach diesem Schockerlebnis wollte es ihm nicht mehr gelingen, seine höllisch Mission erfolgreich zu verrichten. Dies fiel jedoch nicht weiter ins Gewicht, ist die Bayerische Regierung doch bis zum heutigen Tag durchaus allein in der Lage, stets aufs neue höllische Einfälle auszubrüten und sie auch fliegen zu lassen – über Bayerns weite Gauen unterm Himmel weiß und blau.

Kleines Lexikon

Knödelfriedhof	*Magen*	oans	*eines, eins*
Kua	*Kuh*	jeder woaß	*jeder weiß*
net	*nicht*	crazy Luggi	*verrückter König Ludwig II.*
ha?	*wie bitte?*		*von Bayern*
luadern	*ein liderliches Leben führen*	beispuismassig	*beispielsweise*
		zuagschanzt	*zugeschoben*
gmoant	*gemeint*	Spezi	*Freund*
ma derf	*man darf*	eahm	*ihm*
i hab mi sauber brennt	*ich habe mich sehr getäuscht*	des tuat	*das tut*
		moants	*meint sie*
i moan	*ich meine*	nia	*nie*
dappig	*dumm, blöde*	es vaziagt eahm	*es verzieht ihm*
Rotzleffi	*Rotzlöffel*	Rüassl	*Mund*
i kriag	*ich bekomme*	er hat verschissen	*er hat es sich verscherzt*
fahrt's was her	*bringt etwas hurtig herbei*	stutzn	*abschneiden, stutzen*
zwoaendig	*zweiendig*	zruckbleim	*zurückbleiben*
na bringts ma hoit	*dann bringt mir halt*	a bissal Dalli, wenns gang	*ein wenig rasch, wenn möglich*
koan	*kein*		
Gschwerl	*Lumpenpack*	Hendlfriedhof	*stattlicher Bauch*
z'Fuaß	*zu Fuß*	vorbeiwetzn	*vorbeiflitzen*
da gangs nei	*da ginge es hinein (steht für: da geht es hinein)*	verreckte Matz	*schwer übersetzbares Schimpfwort für ein übles Frauenzimmer*
Jessas, Maria und und Josef	*Jesus, Maria und Josef*		
		gwampert	*dickbäuchig*
zahnen	*hämish grinsen*	hinterfotzig	*gemein*
Großkopferte	*hochstehende Persönlichkeiten*	Zenziabier	*Bedienung, bitte ein Bier*
		Herzkasperl	*Schlaganfall*

FRANZ EDER

geb. 1942 in München; lernte höllisch schnell Kartographie und Grafik; lebte 10 Jahre in der paradiesischen Schweiz; zeichnete für die satanischen Magazine Playboy, Penthouse, Focus, Medical Tribune und Nebelspalter sowie für verschiedene Buchverlage; karikierte in ca. 50 TV-Sendungen, aber auch als Schnellzeichner auf Messen und Veranstaltungen; dabei saßen ihm verschiedene Teufelsbraten Modell, darunter: Willy Brandt, Oskar Lafontaine, Lothar-Günter Buchheim, Bruno Jonas u. v. a.; hatte Ausstellungen in west- und osteuropäischen Ländern und in den USA; hat Apfelstrudel, Spaghetti und seine Frau zum Fressen gern; hält seine Tochter für sein gelungenstes Werk.

ALFONS SCHWEIGGERT

geb. 1947 in Altbayern; Studium der Pädagogik, Psychologie; verfaßte rund 60 Kinder- und Jugendbücher und 50 Bücher für Erwachsene, darunter Biographien, Sachbücher, Satiren, Erzählungen, Lyrik und den phantastischen Roman »DAS BUCH«, außerdem ca. 40 fachliterarische Publikationen; bald 30 Jahre Tätigkeit als Autor, auch als Illustrator für 20 Veröffentlichungen; nicht ganz 10 Jahre Mitarbeit bei dem Satiremagazin »Pardon«; 5 Auszeichnungen; zweimal Deutscher Jugendliteraturpreis-Bestliste, Literatur- und Kulturpreis München-West, Literatenkerze der Schwabinger Katakombe, Bayerischer Poetentaler; zudem ist er 1. Mitglied der Autorengruppe »Turmschreiber«.

TILLMANN ROEDER

geb. 1936 in Darmstadt, fühlt sich trotzdem seit Jahren in Bayern und in München sauwohl; nach dem Abitur Schriftsetzerlehre und Studium an der Grafischen Akademie in München; Betriebsassistent in Darmstadt; Disponent in Düsseldorf, Produktionsleiter in Passau, Verlags-Geschäftsführer in München; seit 1980 mit dem Buchendorfer Verlag selbständig, der sich vor allem der Herausgabe interessanter und wichtiger München-Bücher widmet; außerdem Buchhersteller für andere Verlage; produzierte mit luziferischem Einsatz das diabolische Werk »Ein Münchner in der Hölle«.